MAZARIN

Un cardinal au pouvoir

Par Hadrien Nafilyan

AF349089

50MINUTES.fr

50MINUTES.fr

DEVENEZ INCOLLABLE
EN HISTOIRE !

Neil **Armstrong**

Le Titanic

George **Washington**

Christophe **Colomb**

Jacques **Cartier**

MAZARIN. UN CARDINAL AU POUVOIR

L'ARBITRE DE L'EUROPE

- **Naissance ?** Le 14 juillet 1602 à Pescina (Abruzzes, Italie)
- **Mort ?** Le 9 mars 1661 à Vincennes (Île-de-France)
- **Apports majeurs ?** Successeur et continuateur de Richelieu (ecclésiastique et homme d'État français, 1585-1642), chef du Conseil de 1643 à 1661, Mazarin est l'artisan de la monarchie absolue incarnée par Louis XIV (roi de France, 1638-1715)

Né en Italie, Jules Mazarin est très vite amené à traiter avec les grandes puissances qui se partagent alors l'Europe. Passé du service de la papauté à celui du roi de France, c'est un fin diplomate et un homme politique accompli. Cet « Italien français », comme on a pu le qualifier, incarne à lui seul toute la complexité géopolitique du second tiers du XVIIᵉ siècle (cité par GOUBERT (Pierre), *Mazarin*, Paris, Fayard, 1990, p. 495).

DES ORIGINES ITALIENNES INCONTESTABLES

Jules Mazarin, né Giulio Raimondo Mazarini, francise son nom dès qu'il entre au service de la France, ce qui ne l'empêche pas de signer jusqu'à la fin de sa vie de sa forme italienne, Mazzarini (ou Mazarini). Par ailleurs, bien que maîtrisant parfaitement le français, Mazarin ne pourra jamais se défaire de son accent italien.

Malgré les haines de l'aristocratie française, scandalisée de devoir se soumettre à un étranger (qui plus est d'origine modeste), et du Parlement, qui entend bien s'arroger une partie du pouvoir, Mazarin poursuit et mène à bien l'œuvre d'unification du territoire et de renforcement du pouvoir royal que le cardinal de Richelieu, son prédécesseur et mentor auquel il voue une grande admiration, avait commencée.

Grâce à son intelligence exceptionnelle et à une habileté diplomatique hors pair, très en avance sur son temps, il parvient à surmonter les graves difficultés que sont la Fronde (période de révolte populaire contre la montée du pouvoir monarchique, 1648-1653) et la guerre contre l'Espagne (1635-1659). En matant les prétentions d'un Parlement avide de pouvoir et d'une noblesse attachée à ses prérogatives ancestrales, et en négociant avec l'Espagne la paix des Pyrénées (1659), il lègue à Louis XIV un pouvoir fort et un royaume pacifié.

BIOGRAPHIE

Portrait de Jules Mazarin Philippe de Champaigne (1602-1674), XVIIe siècle.

UNE ENFANCE MODESTE

Giulio Mazarini naît le 14 juillet 1602 à Pescina (Abruzzes, Italie), d'un père d'origine sicilienne, intendant au service d'une grande famille romaine (les Colonna), et d'une mère issue de la petite noblesse de Città di Castello, en Ombrie. Fils de Pietro Mazarini (1576-1654) et Hortensia Bufalini (1575-1644), il est l'aîné d'une fratrie de quatre enfants. Son frère, entré en religion, n'aura pas de descendance, mais Mazarin, une fois chef du gouvernement de la France, s'occupera de marier ses deux sœurs et ses nombreux neveux et nièces.

Il passe son enfance à Rome puis entre en 1609 au Collège romain, une institution jésuite réputée pour la qualité de son enseignement. Relativement modeste, sa famille bénéficie cependant de la protection des Colonna, dont Mazarin fréquente les enfants, avant d'accompagner l'un des fils à la célèbre université d'Alcalá de Henares, en Espagne, où il parfait ses études pendant deux ans. Au cours de ce séjour, il se serait épris d'une fille de notaire, au point de vouloir l'épouser. Or ses propres parents ne pouvaient y consentir, nourrissant pour lui d'autres ambitions : aussi le rappellent-ils à Rome en 1621.

Après avoir terminé ses études de droit en 1625, il intègre une armée pontificale avec le grade de capitaine grâce à ses protecteurs que sont les Colonna. C'est sous le commandement d'un membre de cette famille qu'il est envoyé en Valteline, une vallée alpine stratégique que les Français tentent de prendre aux Espagnols. Mais ni l'état ecclésiastique ni la carrière militaire ne semblent avoir d'attraits pour lui. Le jeune Mazarin a alors l'opportunité d'entrer dans un monde où il se montre d'emblée talentueux : celui de la diplomatie.

UN FIN DIPLOMATE

L'année 1630 marque un tournant dans la vie de Mazarin. Chargé par le pape d'alors Urbain VIII (1568-1644, pape de 1623 à 1644) de négocier la paix entre l'Espagne, la France et la Savoie qui se disputent la succession de Mantoue (Lombardie, Italie) et du Montferrat (Piémont, Italie), il rencontre pour la première fois le cardinal de Richelieu, le 28 janvier 1630. Si Mazarin est immédiatement séduit, il faudra à Richelieu quelques entrevues de plus pour apprécier le jeune homme à sa juste valeur. Courant d'une armée à l'autre, exposant propositions et contre-propositions, il parvient *in extremis* à arracher une trêve aux grandes puissances à Casal (Italie) le 26 octobre de la même année.

Portrait du cardinal Richelieu par Philippe de Champaigne, 1640.

« PACE ! PACE ! »

Alors qu'à Casal, les armées françaises et espagnoles s'apprêtent à charger l'une contre l'autre, Mazarin se

précipite au galop entre les lignes en criant « Pace !
Pace ! » (qui signifie « Paix ! Paix ! » en français) et en
brandissant son chapeau – ou, selon les versions, la
trêve que viennent de signer les chefs des deux pays
grâce au concours du jeune diplomate. Les soldats
s'arrêtent alors net dans leur élan et fraternisent dans
la joie. Cet épisode, relaté par de nombreuses gazettes,
fait connaître Mazarin à l'Europe entière.

Le succès de Mazarin aurait pu lancer sa carrière au service
de la papauté, s'il n'avait refusé de se faire prêtre, ce à quoi il
n'a jamais pu se résoudre – pour des raisons qui restent obs-
cures. Urbain VIII fait toutefois encore appel à ses talents de
1631 à 1640, à Paris, à Avignon et à Rome notamment, avant
de le laisser entrer au service de Louis XIII (1601-1643) et de
Richelieu (dont il a finalement gagné la confiance), qui le
réclament depuis longtemps pour plaider leur cause auprès
du Saint-Siège.

UN PREMIER MINISTRE TRIOMPHANT

De 1640 à 1642, date de la mort de Richelieu, Mazarin
apprend à connaître la France et les Français. Il obtient ses
lettres de naturalité, ce qui lui donne le droit de posséder
des terres et de jouir de certains bénéfices en France. À la
demande du roi de France, il est également fait cardinal par
le pape en décembre 1641 – une élévation plus politique que
religieuse. Recommandé par Richelieu à Louis XIII, qui lui-
même somme Anne d'Autriche (reine de France, 1601-1666)
de l'associer au gouvernement peu avant de mourir, Mazarin

se retrouve soudainement principal ministre de la Régence.

Portait d'Anne d'Autriche, peint par Rubens (1577-1640)
vers 1622.

Soutenu par Anne d'Autriche, Mazarin s'applique alors à
gouverner la France au nom du jeune Louis XIV qui, même

après sa majorité le 7 septembre 1651, lui confiera en grande partie le destin de son royaume. Malgré l'hostilité de nombre de Français qui se révoltent ouvertement pendant la Fronde (jusqu'à l'obliger à s'exiler à Brühl, près de Cologne), la méfiance de la papauté ainsi que la guerre contre l'Espagne et ses alliés, Mazarin ne renonce jamais à la tâche qui est la sienne : affermir le pouvoir de Louis XIV et lui laisser une France forte. Après avoir rempli sa mission, Mazarin meurt de maladie et d'épuisement le 9 mars 1661, à la suite de longues souffrances.

MAZARIN ET ANNE D'AUTRICHE, UNE HISTOIRE D'AMOUR ?

Si la plupart des historiens s'accordent sur le fait que la Reine et le Cardinal ont eu, au-delà de l'estime et de la confiance réciproques, des sentiments l'un pour l'autre – tout au moins Anne d'Autriche, car il est possible que Mazarin ait outré son attachement par intérêt politique –, il semblerait toutefois qu'ils ne furent pas amants, Anne d'Autriche étant très pieuse. Ils prenaient en outre soin de laisser les portes ouvertes lors de leurs tête-à-tête.

CONTEXTE

L'ITALIE DU XVIIᵉ SIÈCLE

La mosaïque italienne

L'Italie du xviiᵉ siècle est politiquement divisée en de nombreux États, royaumes, duchés voire républiques, plus ou moins indépendants. Tandis qu'au sud, la Sicile et le royaume de Naples – qui comprend tout le Sud de l'Italie – sont alors possessions espagnoles, de même que le duché de Milan et le Sud de la Toscane (où naît Mazarin), le territoire de la république de Venise, dont le prestige s'affaiblit au xviiᵉ siècle, s'étend sur le nord-est du pays alors que celui du duché de Savoie, à cheval sur les Alpes, s'étire de Chambéry à Nice en passant par Turin.

À quoi il faut ajouter, outre la République de Gênes, de petits États comme le duché de Mantoue et les États pontificaux, c'est-à-dire ceux du pape, qui traversent la péninsule en diagonale de Bologne à Rome, la capitale.

Le pape, chef contesté de la chrétienté

Également souverain temporel au xviiᵉ siècle, le pape jouissait surtout d'une autorité spirituelle universelle, à laquelle les monarques se soumettaient toutefois de plus en plus difficilement. Elle était par ailleurs contestée depuis un siècle et demi d'un point de vue dogmatique par différents courants plus ou moins contestataires :

- le protestantisme, issu de la Réforme et taxé d'hérésie

par l'Église catholique ;
- l'anglicanisme, propre à l'Angleterre ;
- le jansénisme (dans une moindre mesure), dont les adeptes donneront du fil à retordre à Mazarin.

Ces conflits se doublent d'une dimension politique qui complexifie beaucoup les relations internationales et qui tend à prendre le dessus sur les considérations religieuses, au grand dam des catholiques fervents et du pape.

Face au protestantisme, celui-ci peut en théorie compter sur le Roi Très Chrétien, le roi de France, et le Roi Très Catholique, c'est-à-dire le roi d'Espagne. Mais le premier étant compromis aux yeux de beaucoup de catholiques depuis l'Édit de Nantes (1598), qui accorde la liberté de culte aux protestants, c'est le roi d'Espagne, Philippe IV (1605-1665), qui apparaît comme le champion de la foi catholique. Ainsi a lieu l'élection des papes hispanophiles Urbain VIII, Innocent X (1574-1655, papa de 1644 à 1655) et Alexandre VII (1599-1667, pape de 1655 à 1667), qui ne sont pas favorables à la France et avec lesquels Mazarin ne s'entend guère.

BOURBONS CONTRE HABSBOURG

Si la rivalité entre la France et l'Espagne est si grande auprès du Saint-Siège, c'est parce que les deux États sont en guerre depuis 1635, Richelieu ne pouvant se résigner à admettre l'hégémonie de Philippe IV de Habsbourg dont les possessions encerclent la France : outre la péninsule ibérique, il règne sur la Franche-Comté et les Pays-Bas espagnols – l'actuelle Belgique, nos Pays-Bas actuels étant appelés Provinces-Unies à l'époque.

C'est dans ce contexte qu'il faut replacer la guerre de Succession de Mantoue (1628-1631), dont les deux puissances se disputent le territoire à la mort du duc Vincent II de Gonzague (1594-1627), issu d'une famille princière qui règne sur Mantoue du XIVe au début du XVIIIe siècle, et au cours de laquelle Mazarin intervient pour y négocier une trêve – qu'il parvient à obtenir.

CONDÉ ET TURENNE, LES GRANDS STRATÈGES FRANÇAIS

Louis II de Bourbon-Condé (général français, 1621-1686), à qui son talent militaire a valu l'appellation de Grand Condé, et Henri de la Tour d'Auvergne, vicomte de Turenne (1611-1675), sont les artisans de la gloire militaire française du temps de Louis XIV.

Alors qu'il n'a que 21 ans, le premier remporte l'éclatante victoire de Rocroi (1643) contre les Espagnols, puis la bataille de Nördlingen (Allemagne, 1645) – avec le commandant militaire Turenne – et la bataille de Lens (1648) contre les armées du Saint-Empire. Après avoir pris la tête de la Fronde, le prince de Condé continue la lutte contre le roi de France en passant à l'Espagne au service de laquelle il restera sept ans (1652-1659), avant de rentrer en France.

Quant à Turenne, il remporte la bataille décisive de Zusmarshausen (1648) qui oblige le Saint-Empire à négocier la paix. Un temps frondeur, il est pardonné par Louis XIV, et se voit obligé d'affronter Condé, alors à la tête des armées espagnoles, à deux occasions :

- à Valenciennes (1656), où il est vaincu ;
- lors de bataille des Dunes (1658), près de Dunkerque, dont il sort vainqueur.

Cette guerre est encore compliquée par la guerre de Trente Ans (1618-1648) qui oppose les Habsbourg d'Autriche, empereurs du Saint-Empire (et dont les Habsbourg d'Espagne sont naturellement les alliés), aux États allemands, aux Provinces-Unies et à la Suède, tous protestants mais soutenus par la France. La paix de Westphalie (1648), dont Mazarin est l'un des principaux initiateurs, met un terme à ce conflit.

Toutefois, Philippe IV ayant refusé d'y participer, la guerre franco-espagnole se poursuit encore une dizaine d'années, jusqu'à ce que, las et exsangues financièrement, les deux États se résolvent à signer la paix des Pyrénées en 1659, scellée un an plus tard par le mariage de Louis XIV et de Marie-Thérèse d'Autriche, infante d'Espagne (1638-1683).

Le mariage de Louis XIV avec Marie-Thérèse d'Autriche,
par Jacques Laumosnier (peintre français, v. 1669-v. 1774),
XVIIe siècle.

LA RÉGENCE ET LA FRONDE

La guerre contre l'Espagne est rendue d'autant plus difficile
que la France est affaiblie par une vacance du pouvoir. De
fait, de la mort de Louis XIII en 1643 à la majorité de Louis XIV
en 1651, court la période de la Régence, sous l'autorité
d'Anne d'Autriche et de ses ministres, dont le principal est
Mazarin. Cependant, ni l'une ni l'autre n'ont la légitimité (ou
l'autorité) qu'aurait eue un roi en âge de gouverner.

C'est de cette fragilité que profite la Fronde, qui débute en
1648 pour se calmer en 1653. Celle-ci est d'abord provo-
quée par des raisons économiques – la hausse des impôts

pour financer la guerre de Trente Ans –, qui se doublent rapidement de revendications politiques – la volonté du Parlement de Paris et des nobles de contrebalancer le pouvoir royal. Elle rassemble des acteurs aux intérêts variés, voire contradictoires, que seul unit le mécontentement face au gouvernement de la Régence. Les parlementaires d'une part, la grande noblesse d'autre part, entendent prendre leur part du pouvoir.

La fronde parlementaire (1648-1649)

C'est d'abord le Parlement de Paris qui entre en conflit ouvert avec Mazarin et Anne d'Autriche. La guerre contre l'Espagne coûte cher. Le budget annuel, de 40 millions de livres environ en temps de paix, augmente sensiblement jusqu'à atteindre 143 millions en 1647.

L'État s'endette, les emprunts à de grands financiers constituant sa principale source de revenus avec les impôts directs et indirects, qui ne cessent d'augmenter, et la multiplication des ventes d'offices – des fonctions publiques que l'on doit acheter pour pouvoir les exercer. L'accroissement du nombre d'office faisant proportionnellement baisser leur valeur, leurs détenteurs (c'est-à-dire en grande majorité la noblesse de robe) se sentent lésés ; c'est pourquoi les parlementaires, qui en font partie, refusent d'enregistrer les édits fiscaux de l'année 1648, malgré un lit de justice. C'est une grave atteinte à l'autorité royale.

LE LIT DE JUSTICE

Dans la France du XVIIe siècle, le Parlement est essentiellement une cour de justice qui s'occupe, au nom du roi, des litiges concernant la noblesse du royaume. Le Parlement de Paris enregistre en outre les lois édictées par le roi, qu'il est en droit de critiquer si elles lui paraissent aller contre l'intérêt de l'État. Le roi peut alors procéder à un lit de justice, c'est-à-dire obliger le Parlement, par sa présence, à enregistrer son édit.

Le 13 mai 1648, les quatre cours souveraines que sont le Parlement, la Cour des aides, la Chambre des comptes et le Grand Conseil signent l'arrêt d'Union, par lequel elles se constituent en assemblée unique délibérative, voire législative, principalement en matière de finances, dans le but de contrôler la politique royale. Mazarin cède d'abord aux exigences du Parlement mais, pour mettre le jeune roi en sécurité, ne pas risquer d'être pris en otage et se donner une plus grande marge de manœuvre, il fuit Paris nuitamment le 6 janvier 1649 pour se réfugier avec Anne d'Autriche et Louis XIV à Saint-Germain-en-Laye, d'où il assiège la capitale.

Alors le Parlement, conscient d'être allé trop loin et craignant maintenant pour ses propres intérêts après avoir perdu le contrôle du peuple de Paris (qui a couvert la ville de barricades et qui souffre du siège), se décide à signer la paix à Rueil (Île-de-France), où se trouve le gouvernement, le 11 mars 1649.

La fronde des princes (1650-1653)

Le XVIIᵉ siècle marque un tournant dans l'Histoire de France :

il signe le passage de la monarchie traditionnelle de type féodale à la monarchie absolue, c'est-à-dire centralisée, où l'essentiel du pouvoir est concentré entre les mains du seul monarque, et non plus des grands seigneurs. Or ceux-ci refusent d'abandonner leurs prérogatives ancestrales à un État fort.

C'est notamment le cas des princes du sang, c'est-à-dire membres de la famille royale, que sont Gaston d'Orléans (prince français, 1608-1660), également appelé Monsieur, frère de Louis XIII, et la maison de Condé, branche cadette des Bourbons et cousins du roi, dont le plus illustre représentant est le Grand Condé. Les princes du sang vivent comme un outrage le fait d'avoir été écartés du pouvoir de la Régence par Louis XIII puis Anne d'Autriche, qui plus est au profit d'un étranger d'origine modeste.

Profitant de l'affaiblissement dans lequel se trouve la Cour à la suite du conflit avec les parlementaires, ils élèvent leurs prétentions dans des proportions qui deviennent inacceptables pour la monarchie au point que, le 18 janvier 1650, Mazarin ordonne l'arrestation de Condé, de son frère Armand de Bourbon, le prince de Conti (1629-1666), et de leur beau-frère, Henri II d'Orléans, duc de Longueville (1595-1663).

Choqués, les parlementaires reprennent leur combat en se joignant à la grande noblesse, mais cette alliance, qui va à l'encontre de leur rivalité ancestrale, est rompue en avril 1651, peu après la libération des princes. Entre-temps, Anne d'Autriche et le roi pacifient sans difficultés les provinces, où les possessions des grands seigneurs sont nombreuses, mais où la résistance est faible.

Bien que la majorité du roi, déclarée le 7 septembre 1651, renforce le pouvoir royal, le Parlement lui reste hostile et Condé s'enfuit de Paris. Poursuivi par les armées du roi (commandées par Turenne) et ayant lui-même rassemblé une armée, il remonte alors sur Paris où a lieu le sanglant combat du faubourg Saint-Antoine le 2 juillet 1652. Défait, Condé trahit ouvertement la France en entrant au service des Espagnols, tandis que le roi déclare une amnistie générale le 21 octobre 1652 excepté à l'encontre des Condéens, dont la trahison est trop grave. Il faut toutefois attendre l'été 1653 et la fin des rébellions de province, notamment à Bordeaux, pour qu'on puisse dire que la Fronde est finie.

TEMPS FORTS

Richelieu s'était fixé trois grandes missions, qui devaient permettre une montée en puissance de la monarchie française :

- mater les protestants ;
- soumettre la noblesse au roi ;
- vaincre l'empire des Habsbourg, c'est-à-dire mettre définitivement fin aux dissensions internes pour se consacrer pleinement à la politique extérieure.

Seul le premier de ces objectifs est atteint de son vivant, comme en témoigne :

- le siège de La Rochelle (1627-1628), dernière place forte protestante, au cours duquel 80 % des habitants sont décimés par la famine ;
- la paix d'Alès, signée en 1629, par laquelle les protestants se voient interdire les charges politiques et militaires.

À charge pour son disciple et successeur, Mazarin, de remplir les deux autres objectifs, tout en préparant Louis XIV à gouverner seul.

LE MENTOR DE LOUIS XIV

En le faisant parrain de son fils le 21 avril 1643, Louis XIII confie clairement à Mazarin le jeune Louis XIV, ce qu'Anne d'Autriche confirmera en le nommant surintendant de l'éducation du roi le 15 mars 1646. Lourde responsabilité que Mazarin aura à cœur d'assumer.

Au service de la France

Ce qui frappe dans la vie de Mazarin, c'est avant tout sa fidélité à toute épreuve envers la monarchie française, y compris lorsqu'il est haï par l'aristocratie et les membres du Parlement, menacé et même exilé pendant la Fronde et alors que les princes du sang, eux, n'hésitent pas à retourner leur veste et passer à l'ennemi (Condé surtout, Turenne dans une moindre mesure). L'Espagne tente pourtant de le rallier à sa cause au moment de son exil à Brühl, mais rien ne peut le détourner de sa mission, qu'il considère comme sa raison d'être : pacifier la France d'abord, l'Europe ensuite.

Rien pourtant ne le prédestine à jouer un tel rôle dans un État avec lequel il n'a aucun lien jusqu'à ses 28 ans. C'est véritablement la rencontre avec Richelieu, à Lyon le 28 janvier 1630, qui bouleverse son existence. Comme il l'écrit lui-même : « Je me suis attaché au cardinal par instinct (*per genio*) avant même de connaître ses grandes qualités. » (cité par Dulong (Claude), *Mazarin*, Paris, Perrin, 2010, p. 13) Il n'aura dès lors de cesse de vouloir œuvrer pour la France :

- soit en tant que nonce du Saint-Siège à Paris (c'est-à-dire ambassadeur), ce qui s'avère impossible du fait de la méfiance que le pape, hispanophile, montre à l'égard de la France ;
- soit en se mettant directement au service de Richelieu, ce qu'il fera à partir de 1640.

Un homme raffiné

Mazarin ne pourra cependant jamais faire le deuil de sa patrie d'origine et gardera toujours l'espoir d'y retourner. En attendant ce jour qui ne viendra jamais, il appelle l'Italie à lui :

- sa garde rapprochée est constituée de compatriotes ;
- il fait venir de nombreux musiciens, peintres, architectes, qui introduisent en France le baroque italien et un nouveau genre musical, l'opéra.

Grand amateur d'art, à l'image des grandes familles romaines, il acquiert toute sa vie œuvres antiques, tableaux de maîtres – au nombre desquels figurent Titien (peintre italien, v. 1488-1576), Caravage (peintre italien, v. 1571-1610), Rubens, Poussin (peintre français, 1594-1665), etc. – pièces de mobilier, tapisseries de luxe, objets d'art et pierres précieuses, qu'il expose dans le palais qu'il a aménagé à Paris, au point de devenir l'un des plus grands collectionneurs de son temps. Il se constitue également une bibliothèque riche de 40 000 volumes.

Le cardinal Jules Mazarin assis dans la galerie de son palais, 1659. Gravure réalisée par différents artistes dont Robert Nanteuil (1623-1678) et François Chauveau (1613-1676).

LES 18 DIAMANTS DE MAZARIN

Mazarin possédait 18 diamants, qui portent le nom générique de« mazarins », à l'exception des deux plus beaux, le Miroir du Portugal et le Sancy, un joyau de 55 carats ayant appartenu entre autres à Charles le Téméraire (1433-1477) et au roi Jacques Ier d'Angleterre (1566-1625). Légués à Louis XIV, puis dispersés à la Révolution française, les diamants de la Couronne connaissent des fortunes diverses. Ainsi, le

Sancy, considéré encore à ce jour comme l'un des plus beaux diamants du monde, est racheté en 1976 par le musée du Louvre.

Le génie de la diplomatie

Ce raffinement du goût n'est que l'une des expressions d'une finesse d'esprit qui se révèle dans toute son étendue au cours des événements politiques et qui devait s'épanouir également dans la diplomatie. Toute la vie de Mazarin n'est faite que de diplomatie. C'est par elle :

- qu'il se fait connaître au pape d'abord, à Richelieu ensuite ;
- qu'il résout les délicats problèmes internes ;
- qu'il parvient à signer une paix favorable avec l'Espagne.

D'une grande patience, qui lui donne bien souvent l'avantage au cours des négociations, retors et souple à la fois, il paraît céder sous la pression pour mieux reprendre le dessus au moment favorable, comme en témoigne son second exil volontaire, manœuvre destinée à obliger les frondeurs, en leur retirant par son absence le principal argument qu'ils élevaient contre tout dialogue, à négocier avec le roi.

Doté d'un grand pouvoir de séduction, fin psychologue, calculateur et maître dans l'art de la dissimulation, il a toujours une longueur d'avance sur ses adversaires. Lorsque la persuasion échoue ou que la situation est urgente, il n'hésite pas non plus à faire des promesses qu'il ne tiendra pas, voire à acheter le ralliement de ses ennemis. C'est ainsi qu'il promet à Jean-François Paul de Gondi, futur cardinal de Retz (1613-1679), de le faire cardinal s'il accepte d'abandonner le camp des frondeurs pour redevenir loyal au roi avant de le lui refuser, une fois que ce dernier n'est plus une menace.

LA FORTUNE DE MAZARIN

Désargenté lorsqu'il entre au service de Richelieu, Mazarin laisse à sa mort une fortune colossale, l'une des plus importantes d'Europe. Les causes de cet enrichissement spectaculaire, qui lui a été beaucoup reproché et qui est l'un des griefs qu'ont retenus contre lui les frondeurs, ne sont pas toujours très claires. À côté des revenus légaux que sont les bénéfices de charges et de gouvernements, il semble qu'il se soit lancé, avec l'aide de son gestionnaire Jean-Baptiste Colbert (1619-1683), dans des spéculations douteuses qui n'étaient pas exemptes de prévarication et de délits d'initiés.

La triomphe du pragmatisme

Fort peu adepte des méthodes violentes – on ne lui connaît qu'une seule condamnation à mort, ce qui, dans le contexte des événements, est une gageure – par nature comme par stratégie politique, il laisse toujours ouverte la porte de la réconciliation. Il n'hésite toutefois pas à mener la guerre, dès lors qu'elle lui paraît être la condition nécessaire à une paix équitable. C'est que son succès se trouve dans la prise en compte de la réalité telle qu'elle est, et non pas dans la recherche ou la défense d'un idéal.

C'est ce pragmatisme qui lui fera pardonner nombre de frondeurs ou l'amènera à traiter avec des protestants, au grand dam des catholiques de son pays : « Il ne faut pas que Votre Majesté ait aucun scrupule de se raccommoder avec les gens qui lui ont fait du mal [...] La règle de votre conduite ne doit jamais être la passion de la haine ou de l'amour, mais l'intérêt de l'avantage de l'État. » (lettre de Mazarin à Louis XIV, citée par DULONG (Claude), *Mazarin*, p. 219)

Mazarin, en outre, forme le roi dès son plus jeune âge : il le fait présider aux conseils du gouvernement alors que le Dauphin est toujours un enfant, le mène tôt sur les champs de bataille et le pousse à réfléchir aux problèmes de l'État afin d'y trouver des solutions par lui-même. Conscient de la valeur de son ministre et parrain, Louis XIV le laisse conduire les affaires de l'État, même après sa majorité.

PACIFIER LA FRANCE

Lorsque la France apprend que Mazarin a été choisi par Anne d'Autriche pour gouverner pendant la minorité de son fils, elle ne cache pas son indignation de voir un roturier, qui plus est étranger, préféré aux grands du royaume. Mais c'est précisément parce qu'il est étranger que la Reine voit en lui un atout : étant sans attaches, libre de tout réseau familial et de tout parti, n'étant redevable qu'à elle seule (à qui il doit tout et dont il dépend entièrement), il peut gouverner dans le strict intérêt de l'État.

Si Mazarin se montre d'une fidélité sans faille à Anne d'Autriche, la réciproque est tout aussi vraie. La reine ne cède jamais aux pressions de son entourage qui met tout en œuvre, dès son accession au pouvoir en 1643, pour discréditer son ministre, l'accusant de tous les maux :

- ils insistent sur le fait que Mazarin est étranger ;
- ils l'accusent d'être pédéraste pare qu'originaire d'Italie ;
- il est considéré comme un partisan des hérétiques, puisqu'il tarde à faire la paix avec l'Espagne catholique, dans le but que ce soit elle qui demande la paix, et être ainsi en bonne posture pour négocier ;
- il est vu comme tyrannique, en ce qu'il cherche à gouverner seul.

Il a contre lui tous les grands du royaume :

- la grande noblesse ;
- l'Église, dont le représentant le plus acharné est le cardinal de Retz (1613-1679) ;
- le Parlement.

Habilement, il les montera les uns contre les autres et bénéficiera des dissensions internes : la grande noblesse méprise les parlementaires tandis que ces derniers contestent la toute-puissance des premiers.

Les débuts de la Fronde

Après avoir monté ce qu'on appelle la « cabale des Importants » à l'été 1643, vaine opération qui visait à assassiner Mazarin (un ministre devenu trop puissant), la haute noblesse se tient quelque temps en retrait.

Le cardinal doit toutefois faire face à une autre opposition, plus opiniâtre, celle du Parlement de Paris, qui va déboucher directement sur la Fronde.

La guerre contre l'Espagne nécessitant de lourdes dépenses et le peuple étant déjà lourdement imposé, Mazarin se résout à adopter une série de mesures fiscales destinées à faire payer les plus aisés. Le Parlement se révolte et s'attribue un droit de regard sur les lois fiscales ainsi qu'un veto contre lequel le roi ne pourrait s'opposer. Si Anne d'Autriche se montre intransigeante, Mazarin joue la carte de la discussion. Mais bientôt, le Parlement refuse toute négociation tant que Mazarin ne sera pas renvoyé. C'est alors qu'on voit partout dans Paris, et dans tous les milieux, se déchaîner une haine contre Mazarin, rendu responsable de tous les maux du pays.

LES « MAZARINADES »

On appelle ainsi les quelque 5 000 pamphlets et libelles, en vers ou en prose, souvent orduriers et calomniateurs, dirigés contre Mazarin et qui circulaient dans Paris au moment de la Fronde. En voici un exemple : « Savez-vous bien la différence/ Qu'il y a entre Son Éminence/ Et feu Monsieur le Cardinal [Richelieu] ?/ La réponse en est toute prête/ L'un conduisait son animal/ Et l'autre monte sur sa bête... » (cité par GOUBERT (Pierre), *Mazarin*, p. 517) Tandis que Richelieu menait Louis XIII comme bon lui semblait, Mazarin, lui, couche avec la reine...

L'exil

Le siège de Paris par l'armée royale, à l'hiver 1649, calme l'effervescence du Parlement, qui se résout à signer la paix de Rueil le 11 mars, malgré la présence de Mazarin. C'est alors au tour des princes de se révolter, mais Mazarin fait preuve de fermeté en ordonnant leur arrestation en janvier 1650. La situation est de plus en plus tendue, jusqu'à ce que Gaston d'Orléans, qui n'a pas encore pris parti, finisse par se déclarer contre Mazarin en février 1651, participant par là même à la Fronde des princes. Ce dernier, comprenant alors que le seul soutien de la Reine n'est pas suffisant, se résigne à s'exiler, comme le Parlement le lui intime. Sur le chemin de Cologne, il fait toutefois libérer les princes, dans le but de garder la face : il n'est pas contraint de fuir, il se replie de son propre chef.

Pourtant, son exil, censé calmer la situation, n'a pas l'effet escompté ; dès le mois d'avril, l'alliance des deux Frondes, des parlementaires et de la grande noblesse, est rompue. La Reine attend avec impatience la majorité du roi, en septembre, qui doit enfin donner à la France un chef incontestable. Pendant tout le temps de son exil, à Brühl, Mazarin tente de conserver son influence par serviteurs interposés. Il n'a alors qu'une crainte : qu'Anne d'Autriche le laisse tomber, tout du moins qu'elle écoute ses détracteurs. C'est donc avec soulagement qu'il apprend que Louis XIV le rappelle dès sa majorité, mais il patiente encore trois mois avant de revenir afin de ne pas raviver une Fronde encore trop récente et de se laisser le temps de se constituer une escorte. Il rejoint le roi au mois de décembre 1651.

La fin de la Fronde

Cependant, le Parlement ne désarme pas. Apprenant le retour de Mazarin, il met sa tête à prix et réclame de nouveau au roi le départ de Mazarin à l'été 1652. Celui-ci accepte, mais cette fois, il s'agit d'un exil tactique : « C'est lui qui avait inspiré la manœuvre, sachant bien qu'en s'éloignant il ôterait aux frondeurs le dernier prétexte dont ils se servaient encore pour continuer la lutte. » (DULONG (Claude), *Mazarin*, p. 204)

Au mois d'octobre 1652, faisant preuve d'autorité, Louis XIV interdit au Parlement de s'occuper d'affaires d'État, déclare une amnistie générale et rappelle le Cardinal. Ayant définitivement triomphé des épreuves de la Fronde, Mazarin peut se consacrer entièrement à mettre un terme à la guerre contre l'Espagne.

PACIFIER L'EUROPE

Il ne faut pas oublier que la Fronde se déroule dans un contexte de guerres européennes :

- la guerre de Trente Ans d'une part, qui sévit depuis 1618 ;
- la guerre contre l'Espagne d'autre part, commencée par Richelieu en 1635, dans le but d'affaiblir la puissance des Habsbourg, qu'il considère comme une menace pour la France.

Il incombe à Mazarin de les achever. Mais il ne saurait être question de paix tant que la France n'aura pas assuré ses frontières. Pour cela, elle peut s'appuyer sur ses deux illustres stratèges, quoique parfois infidèles, que sont Condé et Turenne.

Les traités de Westphalie

Bien que la guerre de Trente Ans ne concerne pas directement la France, celle-ci y a pris part par le biais de ses alliances. Depuis 1631, Richelieu soutient financièrement les Provinces-Unies et la Suède (bien que ces États soient protestants), qui s'attaquent au Saint-Empire catholique, lequel est l'allié de l'Espagne. Ainsi, le conflit s'étend à toute l'Europe à partir de la déclaration de guerre franco-espagnole.

La victoire franco-suédoise de Zusmarshausen, le 17 mai 1648, ouvre à Turenne la route de Vienne, la capitale du Saint-Empire. Il s'apprête à s'y précipiter pour porter un coup fatal aux Habsbourg d'Autriche, quand Mazarin l'en défend. En effet, si l'Empereur Ferdinand III (1608-1657) est écrasé, il ne pensera plus qu'à la revanche, tandis que si une paix juste est négociée rapidement, il se tiendra tranquille, trop heureux d'avoir échappé au désastre. L'attitude de Mazarin est d'une grande modernité : il est conscient qu'il ne peut y avoir de paix stable que si elle est juste, établie d'égal à égal entre les États.

C'est dans cette même idée qu'il prône un équilibre entre États catholiques et États protestants, point de vue qu'il impose aux traités de Westphalie de 1648. De même, il défend l'indépendance des petits États allemands contre l'impérialisme des Habsbourg, ce qui lui ménage des Alliés et une zone tampon entre les frontières de la France et celles du Saint-Empire. Si les traités de Westphalie n'ont pas été considérés comme très favorables à la France – elle a dû abandonner certains des territoires conquis –, ils sont surtout passés inaperçus aux Français, alors en proie aux désordres de la Fronde.

La paix des Pyrénées

De 1649 à 1652, le défi de Mazarin est de mener une guerre contre l'Espagne tout en maîtrisant les troubles internes qui ébranlent la France, défi d'autant plus grand que Condé est prisonnier ou rebelle, et que Turenne passe un temps à l'ennemi. Heureusement, la dernière victoire de Condé avant sa rébellion, à Lens, le 20 août 1648, refroidit les Espagnols, de même que la victoire de Rethel, le 15 décembre 1650, sur les troupes ennemies alors commandées par Turenne. Le retour de ce dernier au sein des troupes françaises et la fin de la Fronde mettent un terme à ces difficiles années.

Pendant dix ans, de revers – perte de Dunkerque (1652) et abandon de Valenciennes (1656) – en succès – libération d'Arras (1654) et reprise de Dunkerque à la suite de la bataille des Dunes –, la France s'épuise à combattre un ennemi tout aussi fatigué. Toutefois, aucun des deux belligérants ne se résout à demander une paix, car ce serait *de facto* avouer ses difficultés et se placer en position d'infériorité au moment des négociations. Entre temps, Mazarin a fait appel à l'Angleterre de Cromwell (1599-1658), avec les troupes de laquelle il prend le dessus sur les Espagnols en bordure de la mer du Nord.

À la suite d'une guerre civile (1642-1651), le roi d'Angleterre Charles Ier est exécuté et Cromwell devient Lord-Protecteur du pays à partir de 1653. Contemporains de la Fronde, ces événements effrayent les frondeurs français, dont les objectifs ne sont pas si extrêmes, et les disposent à s'entendre avec le roi. Ses contemporains ont beaucoup reproché à Mazarin les accords qu'il a signés avec les Anglais, républicains et protestants, contre l'État catholique et monarchique qu'était l'Espagne.

Finalement, de guerre lasse, la France et l'Espagne se résolvent à négocier une paix, renforcée par le mariage de Louis XIV et de l'infante d'Espagne. Philippe IV tergiversant encore, Mazarin monte en novembre 1658 un coup de bluff, connu sous le nom de « comédie de Lyon » : il conduit en grande pompe la cour à Lyon pour faire croire aux épousailles de Louis XIV et de Marguerite-Yolande de Savoie (1635-1663). Le cardinal réussit son coup : apprenant la nouvelle, le roi d'Espagne envoie en grande hâte un messager à Lyon pour promettre sa fille à Louis XIV. Après maintes tractations, au cours desquelles Mazarin montre tout son talent, le mariage est effectivement signé le 7 novembre 1659, en même temps que la paix des Pyrénées qui scelle, favorablement pour la France, 25 ans de guerre.

Épuisé, Mazarin mourra un an plus tard. Mais il aura alors mené à bien les deux grandes tâches auxquelles il s'était attaqué à la mort de Richelieu et qu'on pourrait résumer en deux phrases :

- celle qu'il rédigé à l'adresse de la reine, au début de la Régence : « Pour porter les affaires de la France au plus haut point qu'elles aient été, une seule chose est nécessaire : que les Français soient pour la France. » (cité par DULONG (Claude), *Mazarin*, p. 67) ;
- celle que, trois jours avant de mourir, il écrit à un ami : « Je meurs content, puisque la divine providence a daigné prolonger ma vie jusqu'à la signature de la paix. » (cité par BERTIÈRE (Simone), *Mazarin, le Maître du jeu*, Paris, Éditions de Fallois, 2007, p. 614)

RÉPERCUSSIONS

LA SUCCESSION

L'une des grandes préoccupations personnelles de Mazarin a été de transmettre son nom et d'intégrer la noblesse française. C'est pourquoi il fait amener ses trois neveux et nombreuses nièces – qu'on appelait les « mazarinettes » – en France : en tant que cardinal (qui plus est dévoué corps et âme à la France), il n'était pas question pour lui de prendre épouse. Hélas, son neveu préféré, Paul Mancini (1636-1652), perd la vie lors du combat du faubourg Saint-Antoine tandis qu'un autre décède d'un accident de jeu.

Il parvient cependant à donner en mariage ses nièces à des grands noms d'une noblesse réconciliée depuis la fin de la Fronde. L'une d'elle, Hortense Mancini (1646-1699) épouse le duc de La Meilleraye (vers 1632-1713), ce dernier ayant accepté de porter le titre de duc de Mazarin. C'est lui qui, en tant que légataire universel de Mazarin, a reçu la majeure partie de son immense fortune.

LOUIS XIV ET LES « MAZARINETTES »

Afin d'assurer sa position à la tête du gouvernement, Mazarin donne à Louis XIV ses nièces comme compagnes de jeu. Après avoir apprécié la fréquentation d'Olympe (v. 1638-1708), le roi tombe très amoureux de Marie Mancini (v. 1639-1715) en 1659, au point qu'il émet le désir de l'épouser, alors même qu'il est promis à l'infante d'Espagne. Face à la catastrophe diplomatique que représente une telle relation, Mazarin s'efforce d'y mettre fin au plus vite. Mais il lui faut des semaines, et tout son talent de persuasion, pour faire renoncer Louis XIV à son amour.

Mazarin lègue également à Louis XIV une bonne partie de ses richesses, notamment ses œuvres d'art, qui entrent dans les collections royales et dont bon nombre sont aujourd'hui conservées au musée du Louvre. Quant à sa bibliothèque, elle constitue aujourd'hui le noyau de la bibliothèque mazarine, située dans une aile de l'ancien Collège des Quatre-Nations – aujourd'hui Institut de France – établissement souhaité par Mazarin et destiné à recevoir les étudiants issus des provinces nouvellement conquises.

UNE POSTÉRITÉ ENTACHÉE

Si la Fronde s'est attaquée en vain à Mazarin, elle a eu plus de succès contre sa mémoire. Les « mazarinades », reprises dans bien des Mémoires du temps, lui survivent, et les calomnies ont traversé les siècles jusqu'au XIXe siècle, puisque Michelet (historien français, 1798-1874) le traite encore de « fourbe italien », de « bouffon » et de « roi des fripons » (GOUBERT (Pierre), *Mazarin*, p. 501). Aujourd'hui encore, certains historiens reprennent ces critiques, mais la plupart tendent à plus d'objectivité.

Outre les considérations concernant ses origines italiennes et modestes, dont la valeur nous paraît aujourd'hui nulle, le principal reproche adressé à Mazarin (et qui demeure aujourd'hui) est son enrichissement spectaculaire à une époque où l'État est ruiné par la guerre. Mais c'est aussi son talent pour la diplomatie qui, négativement considéré, en a fait un personnage machiavélique, prêt à tout pour prendre, puis conserver le pouvoir. Ces accusations ont longtemps occulté le véritable bilan, plus positif, de ses 18 ans à la tête de la France.

Le cardinal Mazarin mourant par Paul Delaroche (1797-1856), 1830.

UN PRÉCURSEUR

Le Grand Siècle

Pourtant, à sa mort, Mazarin laisse à Louis XIV un royaume en paix avec lui-même et avec ses voisins, qui devait devenir le plus puissant d'Europe. Si la grandeur de la France dans la seconde moitié du xviie siècle doit beaucoup à la personnalité de Louis XIV, il ne faut pas oublier que celle-ci a été en bonne partie développée par Mazarin. Le roi sait d'ailleurs ce qu'il lui doit, comme en témoignent ses Mémoires, et gardera jusqu'à la fin de sa vie le souvenir de ce fidèle serviteur de la France.

Mazarin est l'artisan de ce qu'on appelle la monarchie absolue, c'est-à-dire une monarchie centralisée où l'ensemble des pouvoirs est détenu par le roi, au détriment des contre-pouvoirs traditionnels qu'incarnaient la grande noblesse, l'Église et les parlements. Par ailleurs, le gouvernement de Mazarin, aux origines modestes, marque le début de temps nouveaux pour la bourgeoisie, amenée après lui à occuper les postes clés et les principales fonctions administratives de la monarchie.

Une vision moderne des relations internationales

Au-delà de l'évolution politique qu'il dessine en France et qui devait survivre à la fin de l'Ancien Régime, Mazarin fait figure de précurseur dans le domaine des relations internationales. Sujet de la papauté (dont l'autorité spirituelle se voulait universelle), familier avec le Royaume d'Espagne, (présent en Italie et dont il maîtrise la langue) et le Saint-Empire avec lequel il a souvent été amené à négocier, Mazarin est véritablement européen.

Sa conception du monde est moderne en ce qu'il le souhaite varié, composé d'États indépendants, dont les puissances s'équilibrent et se neutralisent. Certes, il ne perd jamais de vue les intérêts de la France, mais il comprend que sa prospérité ne pourra jamais exister sans la paix générale, laquelle ne pourra être durable tant qu'elle ne sera pas juste. Mazarin est un homme politique qui voit à long terme : ce n'est pas la guerre qui est propice à la grandeur d'un État, mais la paix.

EN RÉSUMÉ

- Italien né en 1602, Jules Mazarin rencontre le cardinal de Richelieu en 1630 et devient, par la volonté de la reine Anne d'Autriche, Premier ministre du roi de France en 1643.
- Parrain de Louis XIV, il est chargé de son éducation et le forme à sa fonction monarchique dès le plus jeune âge.
- Grand amateur d'art, il réunit une très belle collection et constitue l'une des plus riches bibliothèques de son temps. Il a pu acquérir ces joyaux grâce à une fortune colossale, acquise dans des conditions douteuses, qui lui vaut nombre de critiques de la part de ses contemporains.
- Continuateur de la politique de Richelieu, qu'il admire, son premier grand objectif est le renforcement du pouvoir royal face aux contre-pouvoirs traditionnels que sont la grande noblesse, l'Église et le Parlement de Paris.
- Son second objectif est la paix générale en Europe. C'est pourquoi il mène la négociation des traités de Westphalie et surtout de la paix des Pyrénées, qui met un terme à 25 ans de guerre franco-espagnole.
- Ses talents s'expriment donc surtout dans la diplomatie : c'est un homme pragmatique d'une grande intelligence politique, doté d'une séduction naturelle, d'une finesse psychologique et d'une grande ténacité qui lui permettent de triompher de ses adversaires.
- Parce qu'il est attentif à l'équilibre des puissances européennes et souhaite une paix stable, les traités qu'il signe sont mesurés, quoique toujours favorables à la France.
- Cependant, sa subtile politique résolument moderne

n'a pas été comprise par ses contemporains : il suffisait que Mazarin soit étranger, d'origine modeste et qu'il soit parvenu à la tête du gouvernement alors même qu'il n'a aucune attache en France, pour qu'il soit discrédité par tous ceux qui convoitaient ces honneurs.

- Mazarin, qui bénéficie aujourd'hui d'une étude objective de la part des historiens, apparaît finalement comme un précurseur dans les domaines sociologiques, politiques et diplomatiques.
- Alors qu'il a atteint les objectifs qu'il s'était fixés, Mazarin s'éteint en 1661.

Votre avis nous intéresse !
Laissez un commentaire sur le site de votre librairie en ligne
et partagez vos coups de cœur sur les réseaux sociaux !

POUR ALLER PLUS LOIN

SOURCES BIBLIOGRAPHIQUES

- BERTIÈRE (Simone), *Mazarin, le Maître du jeu*, Paris, Éditions de Fallois, 2007.
- DULONG (Claude), *Mazarin*, Paris, Perrin, 2010.
- GOUBERT (Pierre), *Mazarin*, Paris, Fayard, 1990.

SOURCES COMPLÉMENTAIRES

- DESSERT (Daniel), *Argent, pouvoir et société au Grand Siècle*, Paris, Fayard, 1984.
- DETHAN (Georges), *Mazarin, un homme de paix à l'âge baroque, (1602-1661)*, Paris, La Documentation Française, coll. « Personnages », 1981.
- MAZARIN (Jules) et ECO (Umberto), *Bréviaire des politiciens*, Paris, Arléa, 1996.
- MÉTHIVIER (Hubert), *La Fronde*, Paris, PUF, 1984.
- MICHEL (Patrick) et CONIHOUT (Isabelle, dir.), *Mazarin. Les Lettres et les Arts*, Paris, Bibliothèque Mazarine et Hayot, 2006.

FILMS ET DOCUMENTAIRES

- *Le Retour des Mousquetaires*, film de Richard Lester, avec Philippe Noiret, Angleterre, France et Espagne, 1989.
- *Louis, enfant roi*, film de Roger Planchon avec Maxime Mansion, Carmen Maura et Paolo Graziosi, France, 1993.
- *La Reine et le Cardinal*, téléfilm de Marc Rivière, avec Philippe Torreton et Alessandra Martines, France et

Italie, 2009.
- « Mazarin, les liaisons dangereuses », in *Secrets d'histoire*, émission présentée par Stéphane Bern, France, 2014.

LITTÉRATURE

- D'Aillon (Jean), *L'Énigme du Clos Mazarin*, Paris, Éditions du Masque, 2007.
- Dumas (Alexandre), *Vingt ans après*, Paris, Folio, 1998 [1845].

BÂTIMENTS COMMÉMORATIFS

- Maison natale (reconstruite) de Mazarin, transformée en musée à Pescina (Italie).
- Tombeau de Mazarin – cénotaphe depuis la Révolution française – par Antoine Coysevox (sculpteur français, 1640-1720) en 1693 dans la chapelle du Collège des Quatre-Nations (Institut de France).

SOURCES ICONOGRAPHIQUES

- Portrait de Jules Mazarin Philippe de Champaigne (1602-1674), xviie siècle. La photo reproduite est réputée libre de droits.
- Portrait du cardinal Richelieu par Philippe de Champaigne, 1640. Conservé à la National Gallery (Londres). La photo reproduite est réputée libre de droits.
- Portait d'Anne d'Autriche, peint par Rubens (1577-1640)

vers 1622. Huile sur toi conservée au Musée du Prado
(Madrid). La photo reproduite est réputée libre de droits.

- *Le mariage de Louis XIV avec Marie-Thérèse d'Autriche*,
  par Jacques Laumosnier (peintre français, v. 1669-
  v. 1774), xviie siècle. Huile sur toile conservée au musée
  de Tessé (Mans). La photo reproduite est réputée libre
  de droits.
- *Le cardinal Jules Mazarin assis dans la galerie de son palais*,
  1659. Gravure réalisée par différents artistes dont Robert
  Nanteuil (1623-1678) et François Chauveau (1613-1676).
  Conservée au Metropolitan Museum of Art (New York).
  La photo reproduite est réputée libre de droits.
- *Le cardinal Mazarin mourant* par Paul Delaroche
  (1797-1856), 1830. Huile sur toile conservée à la Wallace
  collection (Londres). La photo reproduite est réputée
  libre de droits.

50MINUTES.fr

Art & Littérature

Business & Economics

Histoire & Société

Santé & Bien-être

JE FAIS DES CHOIX ET J'ASSUME !

DIANA, PRINCESSE DE GALLES

LÂCHER PRISE, ENFIN !

SOYEZ LÀ
OÙ ON NE VOUS ATTEND PAS !

www.50minutes.fr

L'éditeur veille à la fiabilité des informations publiées, lesquelles ne pourraient toutefois engager sa responsabilité.

© 50MINUTES, 2017. Tous droits réservés.
Pas de reproduction sans autorisation préalable.
50MINUTES est une marque déposée.

www.50minutes.fr

Éditeur responsable : Lemaitre Publishing
Avenue de la Couronne 159 | BE-1050 Bruxelles
info@lemaitre-editions.com

ISBN ebook : 978-2-8080-0167-0
ISBN papier : 978-2-8080-0168-7
Dépôt légal : D/2017/12603/599
Photo de couverture : réputée libre de droits.

Conception numérique : Primento,
le partenaire numérique des éditeurs.

Made in the USA
Monee, IL
07 July 2026

56545206R00030